Analyse de l'œuvre

Par Elena Pinaud
et Marie-Pierre Quintard

Docteur Jekyll et Mister Hyde

de Robert Louis Stevenson

lePetitLittéraire.fr

Rendez-vous sur lepetitlitteraire.fr et découvrez :

Plus de 1200 analyses
Claires et synthétiques
Téléchargeables en 30 secondes
À imprimer chez soi

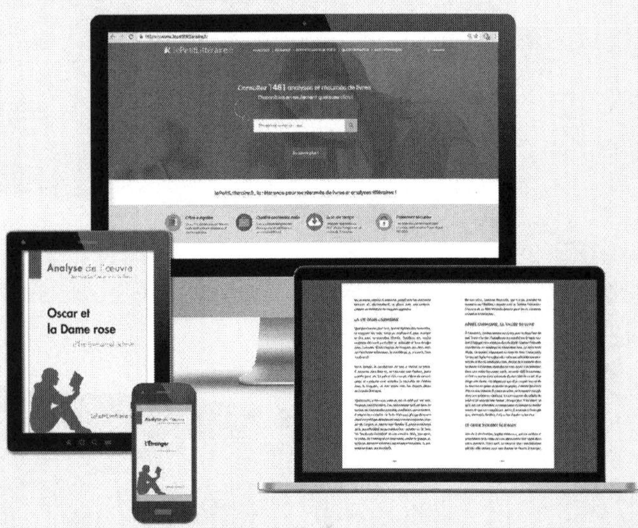

ROBERT LOUIS STEVENSON

ÉCRIVAIN ÉCOSSAIS

- **Né en 1850 à Édimbourg (Écosse)**
- **Décédé en 1894 à Vailima (Samoa)**
- **Quelques-unes de ses œuvres** :
  - *Voyage avec un âne dans les Cévennes* (1879), récit
  - *L'Île au trésor* (1883), roman
  - *Le Voleur de cadavres* (1884), nouvelle

Robert Louis Balfour Stevenson est un écrivain voyageur qui s'est inspiré de ses souvenirs d'expédition à travers la France, l'Amérique et les iles Samoa pour la rédaction de ses récits. Adolescent à la santé fragile, il abandonne ses études pour se consacrer à l'écriture. Ses récits, qui reposent sur une construction narrative maitrisée et efficace portée par une écriture très visuelle, sont novateurs pour l'époque.

Parmi ses ouvrages les plus connus, on peut citer le *Voyage avec un âne dans les Cévennes*, *L'Île au trésor* et *Le Cas étrange du Dr Jekyll et Mr Hyde* (1886). Également auteur d'essais de théorie littéraire, d'écrits descriptifs et de documentaires sur les iles du Pacifique, Stevenson a été l'un des premiers Européens à défendre les indigènes des iles Samoa contre les puissances coloniales.

DOCTEUR JEKYLL ET MISTER HYDE

UNE NOUVELLE PSYCHOLOGIQUE À LA CROISÉE DU FANTASTIQUE ET DU POLICIER

- **Genre :** nouvelle ou court roman
- **Édition de référence :** *Le Cas étrange du Dr Jekyll et Mr Hyde*, traduit de l'anglais par Théo Varlet, Paris, Union Générale d'Éditions, 1976, 176 p.
- **1re édition :** 1886
- **Thématiques :** dualité, conformisme, pulsion, tentation, culpabilité

Le Cas étrange du Dr Jekyll et Mr Hyde (que l'on appelle également *L'Étrange Cas du Dr Jekyll et Mr Hyde*, ou *L'Étrange Affaire du Dr Jekyll et Mr Hyde*) s'est imposé dès sa publication et continue de fasciner les lecteurs. Peut-être est-ce en raison du mélange entre récit fantastique, roman policier et drame psychologique. Il est par conséquent difficile d'attribuer un genre bien défini à ce texte, du reste assez complexe dans sa construction qui intègre plusieurs narrateurs et multiplie les points de vue.

Cette œuvre raconte l'histoire d'un scientifique qui, obsédé par la dualité de sa nature aussi bonne que mauvaise, décide de séparer physiquement ces deux pôles. Les doctrines dualistes, le libre arbitre, le regard d'autrui, les conformismes sociaux, les tentations auxquelles l'homme est soumis et les faiblesses de la volonté humaine sont autant d'enjeux abordés tout au long du récit.

RÉSUMÉ

À PROPOS D'UNE PORTE

Le récit s'ouvre sur la présentation du notaire Utterson. Lors d'une promenade en compagnie de son cousin et ami Enfield, ce dernier lui fait remarquer une porte qu'il rattache dans son souvenir à une histoire très particulière. Il raconte avoir vu un jour un individu, manifestement en fuite, bousculer par accident une petite fille et, celle-ci à terre, la piétiner sans scrupule. Rattrapé au collet par Enfield et confronté à un attroupement de badauds, le sinistre personnage avait ensuite proposé d'indemniser la famille de la petite fille et d'acheter par la même occasion le silence des témoins de la scène. À cette fin, il était entré par la porte devant laquelle les deux amis se trouvent et en était ressorti avec de l'argent et un chèque (pour compléter la somme) signé du nom d'une personne « honorablement connue » (p. 30), qu'Enfield préfère ne pas nommer. Il dévoile néanmoins le nom de l'agresseur : Hyde. Enfield se rappelle enfin de la violente répulsion que lui avait inspirée Hyde, de son vilain regard plein du désir de tuer. Utterson se montre dubitatif, car il affirme connaitre la personne qui habite la maison et ne croit pas celle-ci capable de couvrir un tel acte. Les deux amis conviennent de ne plus en parler.

EN QUÊTE DE MR HYDE

Utterson est inquiet à cause des clauses du testament que lui a remis préventivement son ami Jekyll : en cas de mort ou de disparition de celui-ci, tous ses biens reviendraient à

Edward Hyde. L'histoire racontée par Enfield augmente ses craintes, car il s'agissait bien de la porte de la maison de Jekyll. Il décide de la surveiller et finit par surprendre Hyde. Celui-ci affirme habiter un autre quartier. Utterson demande ensuite à voir Jekyll, mais un domestique, Poole, lui explique que celui-ci est absent et lui confirme que Hyde a la clé de la maison. Utterson décide d'enquêter sur l'identité de Hyde.

LA PARFAITE TRANQUILLITÉ DU D' JEKYLL

Lors d'un tête-à-tête avec Jekyll, à l'issue d'une soirée organisée par ce dernier, Utterson essaie d'obtenir plus d'informations sur Hyde tout en manifestant sa désapprobation à l'égard du testament de son ami. Jekyll blêmit et refuse d'en parler : il fait néanmoins promettre à Utterson de toujours faire preuve d'indulgence à l'égard de Hyde – surtout si lui-même venait à disparaitre – et de respecter les clauses de son testament.

L'ASSASSINAT DE SIR DANVERS CAREW

Un an après cette rencontre entre Utterson et Hyde, un crime est perpétré. La victime est le parlementaire Danvers Carew, et le criminel, formellement reconnu par une domestique, n'est autre que Mr Hyde. Celui-ci a frappé la victime avec sa canne, dont une moitié a été retrouvée près du parlementaire. Utterson la reconnait : il s'agit d'un cadeau qu'il avait offert à Jekyll.

Il se rend avec un inspecteur de police à l'adresse présumée de Hyde, dans le quartier malfamé de Soho (Londres), mais celui-ci a disparu, laissant derrière lui l'autre moitié de la canne et un chéquier détruit. Dès lors, il n'y a plus de doute sur l'identité du criminel.

UNE LETTRE QUI JETTE UN TROUBLE

Utterson se rend chez Jekyll, qui est très malade. Ce dernier affirme avoir coupé tout contact avec Hyde, qui lui a néanmoins remis une lettre, sans cachet de la poste, pour lui faire savoir qu'il est à l'abri de toute persécution judiciaire. Cette lettre semble disculper Jekyll en prouvant sa mise à distance de Hyde. Mais Poole, interrogé par Utterson, affirme que le facteur n'a distribué ce jour-là que « des imprimés » (p. 71), affirmation qui met en doute la sincérité de Jekyll. Rentré chez lui, Utterson reçoit son ami et principal clerc Guest, qui se trouve être également expert en graphologie. Ce dernier analyse la lettre remise à Jekyll par Hyde et la compare à une invitation écrite par Jekyll. Il affirme que c'est la même écriture. Désormais, Utterson doute fortement de l'innocence de son ami.

LA FIN MYSTÉRIEUSE DU Dʳ LANYON

Le temps passe sans nouvelles de Hyde. Utterson continue à fréquenter ses amis. Parmi ceux-ci, le Dʳ Jekyll qui semble, durant cette période, revenu à la vie. Jusqu'à ce que, brusquement, ce dernier décide de ne plus voir personne. Désorienté par ce soudain changement de comportement, Utterson décide d'en faire part à Lanyon, un ami commun. Mais celui-ci, visiblement très affecté, ne veut plus entendre parler de Jekyll et meurt peu de temps après.

Utterson décide d'ouvrir un courrier envoyé par Lanyon avant son décès. À l'intérieur, il trouve une lettre écrite de sa main à lire uniquement après la mort de Jekyll.

UNE ÉTRANGE ENTREVUE

Lors d'une promenade, Utterson et Enfield décident d'entrer dans la cour de la maison de Jekyll, qu'ils aperçoivent à une fenêtre. Ce dernier a l'intention de discuter avec eux, mais son visage blêmit brusquement, et il ferme la fenêtre. Les deux amis quittent la cour en silence.

LA NUIT DU DÉNOUEMENT

Utterson se rend chez Jekyll à la demande empressée de Poole, qui parait terrorisé. Le domestique pense que son maitre a été tué car il ne reconnait pas la voix de la personne qui se trouve dans le cabinet de Jekyll en permanence fermé. De plus, il a aperçu à l'intérieur un individu petit et masqué. Utterson et Poole détruisent la porte du cabinet et découvrent Hyde, à l'agonie, vêtu des habits de Jekyll. Il a avalé un produit afin de se suicider. Il n'y a pas de trace du corps de Jekyll. Utterson trouve une lettre écrite par son ami qui, manifestement, y livre une confession, mais dans laquelle il prie de bien vouloir d'abord prendre connaissance d'une lettre remise auparavant au Dr Lanyon.

LA NARRATION DU Dr LANYON

Le Dr Lanyon raconte qu'en effet il a reçu un soir une lettre expédiée par un Jekyll visiblement aux abois, lui demandant d'aller forcer, avec l'aide de Poole, la porte de son cabinet et d'emporter un tiroir et son contenu qu'il s'agissait ensuite de remettre à une personne se présentant au nom de Jekyll, chez lui à minuit. L'individu en question fut Hyde. Le moment venu, l'affreux bonhomme a préparé, sous le regard de Lanyon, une mixture avec les produits. Il a ensuite demandé à Lanyon, tel un Satan tentateur, s'il voulait satisfaire sa curiosité scientifique. Suite à la réponse positive de ce dernier, Hyde a bu la mixture et s'est métamorphosé en Jekyll. Cette révélation entrainera quelque temps plus tard la mort de Lanyon, qui termine sa lettre par ces mots :

> « Ma vie est ébranlée jusque dans ses racines ; le sommeil m'a quitté ; une abominable terreur m'assiège à toute heure du jour et de la nuit ; je sens que mes jours sont comptés, et que la mort est proche. » (Le Livre de Poche, p. 68)

LA CONFESSION POSTHUME DU Dʳ JEKYLL

Ce dernier chapitre est la confession que Jekyll a écrite avant de se transformer définitivement en Hyde. Il y parle de sa curiosité pour la dualité de l'homme, composé de bien et de mal, et de son projet de « séparer ces éléments constitutifs » (p. 130). Il avoue avoir mis au point une potion qui le métamorphose en Edward Hyde, pure incarnation de son côté négatif. Suite à ce changement, il a loué une maison pour Hyde à Soho, dans les basfonds de Londres, et a rédigé un testament en sa faveur pour le mettre à l'abri du besoin si jamais Jekyll venait à disparaitre, entendons, à être englouti par Hyde. Ce dernier avoue avoir éprouvé au départ un certain plaisir à se changer en Hyde, car il pouvait ainsi laisser libre cours à ses vices et envies, en toute impunité.

Mais rapidement, Hyde s'est révélé plus pervers et perfide qu'il ne l'avait imaginé au départ. Il a parfois pris le dessus, au point que Jekyll se transformait en Hyde sans même s'en apercevoir et en dépit de sa volonté :

> « Il m'avait semblé (à chaque fois que j'endossais cette apparence) être conscient d'un afflux de sang plus important, et je flairai le danger. Si le phénomène se prolongeait, l'équilibre de ma nature risquerait d'être compromis de façon définitive, la faculté de se transformer à volonté d'être mise entre parenthèses, et je risquerais de devenir Hyde sans espoir de retour. » (*ibid.*, p. 77)

Jekyll a de plus en plus souvent perdu le contrôle de ses transformations, ne maitrisant plus la progression du mal chez Hyde. « La propension au mal était devenue plus débridée, plus indomptable » jusqu'au meurtre de Sir Danvers Carew, qui a obligé Hyde à disparaitre en se cachant dans la peau de Jekyll (*ibid.*, p. 79). C'est à partir de ce moment-là que ce dernier a commencé à fréquenter à nouveau ses amis et a tenté de se racheter, par excès de bienveillance et de dévouement. Mais, bientôt, Hyde a refait surface. Cependant, la crainte de se faire arrêter pour meurtre a incité ce dernier à reprendre du breuvage pour se transformer de nouveau en Jekyll. C'est à cette occasion qu'il a demandé de l'aide à Lanyon. Mais par la suite, Hyde a de plus en plus envahi le corps de Jekyll qui n'est plus parvenu à reconstituer une potion suffisamment puissante pour retrouver durablement son apparence initiale. Il est ainsi condamné à disparaitre, tandis que Hyde se suicide, sans doute pour échapper à l'échafaud. Ou bien est-ce encore la conscience de Jekyll qui s'exprime à travers ce geste ultime ?

ÉTUDE DES PERSONNAGES

Dʳ JEKYLL

Dʳ Jekyll est un passionné de chimie, « dont le visage serein offr[e], avec peut-être un rien de dissimulation, tous les signes de l'intelligence et de la bonté » (p. 54).

Dès sa jeunesse, il a ressenti en lui sa double nature : il possédait un côté positif (scientifique intelligent et brillant, travaillant à réduire la douleur autour de lui) et un côté négatif (jouisseur effréné). Comme il ne voulait renoncer à aucun de ces deux états, il a décidé de séparer physiquement ces deux composantes de son être à l'aide d'une potion qu'il a lui-même fabriquée. Il représente par ce biais l'incarnation du scientifique qui fait mauvaise utilisation de sa science, du savant qui défie les lois naturelles pour trouver un remède à une dualité qui le fait souffrir. Mais, à l'instar de l'apprenti sorcier, il finit par ne plus maitriser les effets de sa potion : au fil du temps, Jekyll se transforme en Hyde sans même être sous l'influence du breuvage. Il sera finalement dépassé par son invention. Cet échec révèle l'impossibilité de séparer ce qui constitue la dualité de la nature humaine. Il devra donc se sacrifier pour faire disparaitre le mal incarné par Mr Hyde.

Mais avant d'être pris de remords et par la culpabilité d'avoir laissé agir et prospérer un tel monstre, Jekyll avoue la jouissance qu'il a éprouvée à vivre cette expérience. Et c'est bien ce plaisir éprouvé et confessé qui constitue toute l'ambigüité de ce personnage.

MR HYDE

Mr Hyde est l'incarnation des pulsions négatives de Jekyll, et plus largement, de la part d'ombre qui existe en chaque être humain, si l'on suit l'affirmation de Jekyll sur la dualité de l'homme. Cette malignité se révèle tant par ses actes (crimes, violence), que par son apparence physique : « blême et rabougri », il a un « sourire déplaisant » (p. 47) et dégage une « impression obsédante de difformité indéfinissable » (p. 67). C'est ainsi que Jekyll le décrit dans sa confession finale : « Cette méchanceté (dans laquelle je persiste à voir le côté funeste de l'homme) avait laissé sur ce corps l'empreinte de la difformité et de la déchéance. » (Le Livre de Poche, p. 72) Il est tellement imprégné par le mal qu'il déclenche chez ceux qui le voient des sentiments de crainte et d'horreur. Conformément aux représentations iconographiques et littéraires traditionnelles du mal, il ne peut être que dégoutant.

Le personnage acquiert ainsi une dimension allégorique : il est le condensé de toutes les pulsions humaines inavouables et refoulées. Il montre, à la face de tous, ce que nous sommes au fond de nous : cette image difforme et monstrueuse est à la fois familière (il a malgré tout apparence humaine) et terrifiante.

Il est en quelque sorte une innovation dans la série de textes consacrés à la dualité et au dédoublement puisque, pour la première fois dans une œuvre littéraire, le double, en l'occurrence le mal, existe physiquement et il est perçu par tous (BRUNEL P. (dir.), *Dictionnaire des mythes littéraires*, p. 516).

MR UTTERSON

Mr Utterson est le personnage que Stevenson met en scène en premier lieu. L'auteur le présente comme quelqu'un de taciturne et de particulier, fait d'oppositions : bien qu'il soit « d'une conversation froide [et] peu porté au sentiment », l'auteur explique qu'« il plaî[t] à sa façon », que « son regard se signalait par quelque chose d'éminemment humain [...] qui à vrai dire ne transparaissait jamais dans sa conversation mais qui s'exprimait [...] avec plus de force encore, à travers les actes de sa vie » (Le Livre de Poche, p. 15).

Il incarne le modèle du gentleman de l'époque victorienne, austère, sérieux et intelligent :

> « Il avait l'habitude, le dimanche, après son repas, de s'asseoir au coin du feu, avec un aride volume de théologie sur son pupitre à lecture, jusqu'à l'heure où minuit sonnait à l'horloge de l'église voisine, après quoi il allait sagement se mettre au lit, satisfait de sa journée. » (p. 37)

Il fait preuve d'une chaleur humaine et d'une compassion remarquables devant les souffrances et les tourments de ses amis Lanyon et Jekyll. Il est aussi animé par un sentiment de justice, car il veut à tout prix que Hyde soit puni pour ses crimes.

C'est lui qui fait le lien entre tous les autres personnages. Tous lui confient leurs histoires. Il se métamorphose ainsi en une sorte de Sherlock Holmes pour dévoiler le mystère qui entourait la relation entre son ami le Dr Jekyll et Mr Hyde.

RICHARD ENFIELD

Richard Enfield est le cousin et ami de Mr Utterson. Il appartient à la société victorienne : c'est un homme élégant et calme qui possède un sens aigu de la justice en « [...] vrai Londonien honorablement connu » (p. 24). Il est un personnage important dans la mesure où, au début du texte, c'est lui qui fait connaitre à Utterson l'existence et les méfaits de Hyde. C'est donc lui qui éveille l'esprit d'enquêteur d'Utterson.

Il refait une apparition importante quand il se présente, en compagnie d'Utterson, sous la fenêtre de Jekyll. Ce dernier le reconnait comme l'un des témoins de l'agression de la petite fille par Hyde et il se cache, effrayé. Enfield fait donc en quelque sorte office de conscience pour Jekyll. Il incarne la moralité de la « bonne société » londonienne.

Dr LANYON

Dr Lanyon est l'incarnation du scientifique qui ne cède pas à la tentation d'exploiter ses capacités et ses connaissances à des fins qui contrediraient le noble sens de son métier.

Il est en cela le contraire du Dr Jekyll. Il joue un rôle essentiel dans l'histoire en tant que messager et confesseur de Jekyll. Assistant à la métamorphose de ce dernier en Hyde, il ne peut s'en remettre et en meurt.

POOLE

Poole est le maitre d'hôtel de Jekyll. Il joue le rôle de gardien du passage entre deux mondes : celui du réel, de la normalité, et celui des mystères de son maitre. Il est l'image du domestique dévoué et respectueux des autres. Mais il est aussi très inquiet du sort de celui qu'il sert : c'est lui qui tire le signal d'alarme quant aux agissements de son maitre dans son cabinet. C'est encore lui qui comprend que Jekyll est en train de se perdre sous l'emprise d'un autre.

CLÉS DE LECTURE

À LA CROISÉE DE DIVERSES INFLUENCES

Le récit de Stevenson s'inscrit dans la droite lignée de la littérature fantastique qui, bien qu'elle trouve ses origines dans le merveilleux médiéval et les contes du XVIIe siècle, s'épanouit pleinement en Allemagne au début du XIXe siècle, profitant du conflit que le romantisme a réactivé entre le rêve et la raison, en réaction à la philosophie des Lumières. Des auteurs comme Achim von Arnim (écrivain allemand, 1781-1831) et Ernst Theodor Amadeus Hoffmann (écrivain allemand, 1776-1822) sont particulièrement représentatifs de ce genre fantastique fécondé par la philosophie romantique.

Si de manière générale, le romantisme exalte le sentiment, l'individualité, la torture de l'âme, le mystère ou le secret contre la promotion exclusive de la raison, ce qui caractérise en propre le fantastique romantique est davantage l'angoisse qu'il parvient à faire naitre chez le lecteur en rendant floue et indécidable la frontière entre l'imaginaire et le réel (par exemple, en introduisant des spectres dans le quotidien du lecteur).

D'après Tzvetan Todorov (critique littéraire français d'origine bulgare, 1939-2017), c'est précisément l'hésitation que ressent l'esprit rationnel, qui ne connait que les lois naturelles, lorsqu'il cherche à expliquer scientifiquement un évènement surnaturel surgi au beau milieu du quotidien, qui définit le fantastique (TODOROV T., *Introduction à la littérature fantastique*, Paris, Seuil, 1970).

La ville de Londres dans laquelle rôde Hyde tel un spectre, l'indécidabilité finale du sort de Jekyll/Hyde (Jekyll a-t-il tué Hyde, ou l'inverse ?), la mort mystérieuse de Lanyon sont autant d'éléments qui permettent de considérer *Le Cas étrange du Dr Jekyll et Mr Hyde* comme un récit fantastique.

Toutefois, dans la mesure où la métamorphose de Jekyll en Hyde reçoit une explication scientifique (l'absorption d'une potion), il convient de préciser que le fantastique auquel appartient ce récit est, pour reprendre à nouveau une catégorie de Todorov, plus proche du fantastique-étrange (où les faits surnaturels reçoivent une explication naturelle), que du fantastique-merveilleux (où les faits surnaturels reçoivent une explication surnaturelle).

La découverte du Dr Jekyll, « à savoir que l'homme, en vérité, n'est pas un, mais deux » (Le Livre de Poche, p. 69), sur laquelle repose toute l'intrigue du récit, rapproche également le roman de Stevenson de la psychanalyse et de la découverte par cette dernière du royaume de l'inconscient. Si la psychanalyse ne nait officiellement que dix ans plus tard, elle est en réalité en pleine germination au moment même où Stevenson conçoit son œuvre. On pourrait ainsi soutenir que Hyde incarne les pulsions morbides refoulées de Jekyll, qu'il est son inconscient. C'est pourquoi Jekyll et Hyde ne peuvent ni se quitter totalement, ni se rejoindre.

LONDRES ET LA SOCIÉTÉ LONDONIENNE DE L'ÉPOQUE

Le livre de Stevenson s'inscrit dans un contexte historique précis dont il est le reflet. En effet, le récit s'ancre dans l'époque victorienne, en pleine révolution industrielle qui engendre dans le même temps l'émergence d'une bourgeoisie conquérante et d'un prolétariat enferré dans la misère sociale. Ce paradoxe sociétal est totalement inscrit dans le Londres de l'époque où déambulent les personnages du roman : entre riches demeures bourgeoises, comme celle où vit le Dr Jekyll, et bouges malfamés, tels ceux où se cache Mr Hyde.

Ce traitement littéraire d'un Londres anxiogène est très répandu à l'époque, comme l'attestent les romans ou nouvelles d'auteurs tels que Charles Dickens (écrivain anglais, 1812-1870) dans *Oliver Twist* (1838), Oscar Wilde (écrivain irlandais, 1854-1900) *dans Le Portrait de Dorian Gray* (1890-1891), ou Sir Arthur Conan Doyle (romancier britannique, 1859-1930) dans *Les Plans du Bruce-Partington* (1908).

L'époque victorienne est aussi celle d'une émulation scientifique, portée entre autres par les théories de Charles Darwin (naturaliste britannique, 1809-1882) sur l'origine des espèces. Cette effervescence scientifique touche de nombreux domaines parmi lesquels la biologie, la géologie et la paléontologie, et met en lumière de nouvelles connaissances sur l'origine et l'évolution, en particulier de l'homme. C'est aussi dans ce contexte que s'inscrivent les expérimentations chimiques du Dr Jekyll.

Et ce qui en résulte, à savoir la dichotomie entre le bon et le mauvais au sein d'un même homme, illustre l'hypocrisie sociale caractéristique de l'ère victorienne, qui veut cacher sous des apparences de respectabilité l'essor d'une certaine décadence et d'un hédonisme propre à l'individualisme moderne naissant :

> « Parmi ces notaires ou notables, le visage indescriptible de Hyde [...] est en réalité un miroir déformant qui renvoie à la bonne société une image désagréable d'elle-même, qu'elle cherche en vain à réprimer, refouler, cacher, to *hide* en anglais. » (NAUGRETTE J.-P., « Préface », in *L'Étrange Cas du Dr Jekyll et de Mr Hyde*, Le Livre de Poche, 2002, p. 8)

D'une certaine façon, Mr Hyde incarne les phobies, les pulsions et les réalités morbides d'une époque où sévissaient trahisons, adultères et meurtres, comme l'illustrent les nombreux faits-divers sanglants qui ont alimenté la littérature. Ce fut le cas, par exemple, avec l'affaire de Jack l'Éventreur, ce tueur en série qui sévit à Londres en 1888 et y assassina plusieurs prostituées.

C'est dans ce contexte d'actes criminels retentissants que naissent les enquêtes policières, comme celle que mène Utterson, auquel se joint un inspecteur de Scotland Yard après le meurtre de Sir Danvers Carew. Là encore, Robert Louis Stevenson se situe dans une tendance littéraire très en vogue à l'époque, comme le démontre l'immense succès populaire des aventures de Sherlock Holmes et du Dr Watson rédigées par Sir Arthur Conan Doyle.

Mais l'ouvrage de Stevenson, bien qu'il flirte avec le genre du roman policier, pose finalement plus de questions qu'il n'en résout. Il conserve en effet des zones d'ombre sur la vie secrète de certains personnages, comme le suggère Jean-Pierre Naugrette dans sa « Préface » : « Que faisait M. Enfield en pleine rue "vers trois heures du matin, par une sombre nuit d'hiver" ? Il rentrait chez lui… Dieu sait d'où. » (p. 17) Mais encore : « Que faisait Sir Danvers Carew aux petites heures de la nuit, au moment où il aborde Mr Hyde ? Il allait, dit-on, poster une lettre à Mr Utterson… Poster une lettre en pleine nuit ? Que contenait cette lettre ? » (*ibid.*, p. 9). Ainsi l'auteur parvient à une sorte de compromis : tout en satisfaisant aux exigences morales de la société de son temps (le Dr Jekyll sera finalement châtié tandis que les possibles travers des autres personnages, soi-disant respectables, ne sont jamais dévoilés), il nous suggère que la réalité est tout autre. Ce qu'il met en scène dans ce récit est bien la dualité de l'homme, fait de pulsions positives et négatives, conscientes et inconscientes. Or, en personnifiant cette dualité intrinsèque de l'homme à travers deux personnages distincts, Hyde et Jekyll, Stevenson donne une dimension allégorique à son récit, sans doute pour atténuer la crudité des vérités scientifiques et médicales émergentes qui y sont exprimées.

LA DUALITÉ, LE DÉDOUBLEMENT ET LA MÉTAMORPHOSE

Ce qui conduit le Dr Jekyll à la métamorphose

Trois concepts permettent de comprendre la genèse de la transformation de Jekyll en Hyde. Il s'agit de la dualité, du dédoublement et de la métamorphose. Ces trois concepts permettent de distinguer clairement trois étapes dans le processus de transmutation, et de ne pas le réduire à un évènement simple. Selon le *Nouveau vocabulaire de la philosophie et des sciences humaines*, l'on peut définir ces trois concepts de la manière suivante :

- **la dualité** est la « caractéristique de ce qui est double en soi, susceptible de deux interprétations » ;
- **le dédoublement** est la « croyance du sujet de l'existence en lui, simultanée ou non, de deux êtres dissemblables vivant chacun leur propre vie et pouvant s'ignorer mutuellement » ;
- **la métamorphose** est le « changement de forme, de nature ou de structure à tel point que l'être ou la chose qui en est l'objet est méconnaissable » (MORFEUX L.-M. et LEFRANC J., *Nouveau vocabulaire de la philosophie et des sciences humaines*, Paris, Armand Colin, 2007, p. 118 et p. 146).

Ces trois concepts ainsi définis permettent de distinguer clairement trois étapes dans la transmutation progressive de Jekyll en Hyde :

- Jekyll se rend d'abord conscient de sa dualité interne : « Je me trouvais déjà réduit à une profonde dualité d'existence » (Le Livre de Poche, p. 129) ;
- il vit ensuite un dédoublement particulier : « Je n'étais pas plus moi-même quand je rejetais la contrainte et me plongeais dans le vice, que lorsque je travaillais à acquérir le savoir qui soulage les peines » (*ibid.*, p. 130) ;

- Jekyll finit par se métamorphoser en Hyde, et inversement. Au début, à des moments de son choix, ensuite involontairement.

Paradoxalement, ce n'est que grâce à cette métamorphose que Jekyll pense pouvoir mener une vie honnête, en conformité avec les normes de la société, lui qui aspire à être un grand scientifique respecté et dispensant le bien autour de lui. Les deux facettes qui composent son être, une fois séparées, peuvent être pures et vivre pleinement selon leurs natures, sans que le comportement de l'une ait des conséquences sur l'autre : « [Hyde] se montrait plus intégral et plus un que l'imparfaite et composite apparence que j'avais qualifiée jusque-là de mienne » (*ibid.*, p. 136) ; « Edward Hyde, seul parmi les rangs de l'humanité, était fait exclusivement de mal » (*ibid.*, p. 137).

La dualité est un état de fait qui se manifeste naturellement, sans intervention de Jekyll, sous la forme du dédoublement. La métamorphose de Jekyll en Hyde, ce dédoublement assumé jusqu'à la séparation physique des deux composants, est la manière rationnelle et volontaire de vivre cette dualité et de trouver une solution à cette réalité. C'est une sorte d'intervention humaine sur la nature des choses. Mais ce péché de démiurge est un échec, car Jekyll ne quitte jamais totalement Hyde, et vice versa. C'est pourquoi Jekyll ne renie pas entièrement Hyde mais conserve au contraire une certaine indulgence à son égard et va même jusqu'à se soucier de le mettre à l'abri du besoin en rédigeant un testament en sa faveur.

Ainsi, lorsque Jekyll découvre pour la première fois le reflet de Hyde, il avoue : « À voir cette affreuse idole dans le miroir, je n'éprouvai pas la moindre répulsion, plutôt l'envie de me précipiter pour lui souhaiter la bienvenue. Car ce reflet, aussi, c'était moi. » (*ibid.*, p. 72) Inversement, la présence de Jekyll en Hyde lui permet de reprendre la potion pour se transformer de nouveau en Jekyll. Et c'est bien sur cette incapacité à se séparer entièrement l'un de l'autre que repose le tragique de cette histoire.

Le double : entre motif littéraire et objet scientifique

Ce thème du double est très présent dans la littérature à la fin du XIXᵉ siècle. On le retrouve notamment dans la nouvelle d'Edgar Allan Poe (écrivain américain, 1809-1849), *William Wilson et la Métamorphose* (1839) ou encore dans le roman *Dracula* (1897) de Bram Stoker (écrivain anglais, 1847-1912). Le succès de cette thématique peut s'expliquer par l'apparition d'études médicales sur l'hystérie, comme celles menées par Jean-Martin Charcot (neurologue français, 1825-1893), ou encore sur les processus psychiques, comme celles de Sigmund Freud, qui s'intéressent au sujet et apportent un début d'explication scientifique à ce sentiment d'« inquiétante étrangeté » (FREUD S., « L'Inquiétante Étrangeté », in *L'Inquiétante Étrangeté et autres essais*, traduit de l'allemand par Fernand Cambon, Paris, Gallimard, coll. « Folio essais », 1988) qui nous habite.

Ce qui inscrit le Dʳ Jekyll dans cette contemporanéité scientifique, c'est d'abord la reconnaissance de sa dualité, la conscience aigüe qu'il a de cette part d'ombre en lui-même.

Au lieu de la refouler, il cherche à lui donner une véritable place, peut-être séduit par ce qu'elle représente en termes de liberté (« [Une] totale absence de sensibilité morale et [une] folle propension au vice [...] étaient les principales caractéristiques d'Edward Hyde », *ibid.*, p. 79) et de « relative jeunesse » (*ibid.*, p. 78). Comme dans *Faust* (1773-1832), le drame de Goethe (écrivain allemand, 1749-1832), on rejoint le thème de la tentation. Il s'agit ici de laisser libre cours à ses instincts les plus vicieux, en toute impunité :

> « Les hommes de jadis engageaient des spadassins pour exécuter leurs crimes, tandis que leur propre personne et leur réputation demeuraient à l'abri. Je fus le premier à faire de même pour ses plaisirs. Je fus le premier à pouvoir m'avancer ainsi sous l'œil du public, vêtu d'estime et d'honorabilité, et l'instant d'après, tel un écolier, à pouvoir arracher ces oripeaux pour plonger à corps perdu dans un océan de liberté. Quant à moi, derrière ce manteau impénétrable, j'étais tout à fait en sûreté. Pensez donc, je n'existais même pas ! » (*ibid.*, p. 74)

La jouissance satisfaite qui transpire de ces propos tend à prouver la culpabilité du D\ :sup: Jekyll, qui laisse sciemment son double opérer ses méfaits. Cependant, cette satisfaction initiale s'amenuisera au fur et à mesure de la révélation de la monstruosité d'Edward Hyde :

> « Ce démon familier que j'avais fait sortir de moi-même, que j'avais envoyé sur la voie du plaisir par ses propres moyens, était un être foncièrement pervers et perfide. [...] Henry Jekyll était parfois atterré devant les actes commis par Edward Hyde. » (*ibid.*, p. 75)

Peu à peu, Jekyll perd le contrôle (il commence d'ailleurs à parler de lui à la troisième personne, comme dans l'extrait cité ci-dessus), sa conscience s'efface au même titre que son corps, qui laissera finalement la place à celui de Hyde. Cette fin tragique est sans doute l'aveu d'une impossibilité : celle de vivre en laissant libre cours au mal qui existe en chacun de nous, autrement dit en laissant s'exprimer les pulsions de notre inconscient sans qu'elles soient contrôlées par notre conscience. Car celle-ci impose des limites et assure un équilibre absolument nécessaire à notre existence ainsi qu'à la vie en société.

PISTES DE RÉFLEXION

QUELQUES QUESTIONS POUR APPROFONDIR SA RÉFLEXION...

- En quoi cette œuvre appartient-elle au genre fantastique ? En outre, pourquoi peut-on dire que le fantastique de Stevenson est romantique ?
- Cette nouvelle, si elle est fantastique, est également très réaliste. Relevez les éléments qui le prouvent. À votre avis, pourquoi Stevenson insère-t-il des éléments réalistes au sein de son récit ?
- Cette histoire n'a-t-elle pas aussi des airs de récit policier ? Justifiez à l'aide d'exemples tirés du texte.
- Pensez-vous qu'on puisse rapprocher cette œuvre des théories freudiennes sur l'inconscient ?
- Dualité, dédoublement et métamorphose sont les trois étapes de l'évolution du Dr Jekyll. Commentez chacune de ces étapes.
- Imaginons que le Dr Jekyll ait survécu et que son être ait à nouveau formé un tout (composé de son côté positif et de son côté négatif). Estimez-vous qu'il devrait être jugé pour les crimes commis par Mr Hyde ?
- Comment la ville de Londres est-elle représentée dans le livre ?
- Comment le texte de Stevenson s'inscrit-il dans le contexte de l'ère victorienne ? Quelles sont les valeurs ou tendances de la société de l'époque qui sont mises en évidence ?
- Décrivez comparativement le Dr Jekyll et le Dr Lanyon. Quels types de scientifiques représentent-ils l'un et

l'autre ? Pensez-vous que ces deux types de scientifiques existent réellement de nos jours ? Justifiez votre avis à l'aide d'exemples concrets.

- Selon vous, qu'est-ce qui a fait et fait encore le succès de cette œuvre ?

Votre avis nous intéresse !
Laissez un commentaire sur le site de votre librairie en ligne
et partagez vos coups de cœur sur les réseaux sociaux !

POUR ALLER PLUS LOIN

ÉDITIONS DE RÉFÉRENCE

- STEVENSON R. L., *Le Cas étrange du Dr Jekyll et Mr Hyde*, traduit de l'anglais par Théo Varlet, Paris, Union Générale d'Éditions, 1976.
- STEVENSON R. L., *L'Étrange Cas du Dr Jekyll et de Mr Hyde*, traductions, présentation, notes et dossier par Jean-Pierre Naugrette, Paris, Le Livre de Poche, 2002.

ÉTUDES DE RÉFÉRENCE

- BAZOU S., « Dr Jekyll et Mr Hyde. Le dédoublement de la personnalité à son paroxysme », in *Artefake*, consulté le 5 février 2017, http://www.artefake.com/Dr-JEKYLL-et-Mr-HYDE.html
- BRUNEL P. (dir.), *Dictionnaire des mythes littéraires*, Paris, Éditions du Rocher, 1988.
- DIEGUEZ S., « Dr Jekyll et Mr Hyde : l'insupportable altérité », in *Cerveau & Psychologie.fr*, consulté le 5 février 2017, http://www.cerveauetpsycho.fr/ewb_pages/a/article-i-dr-jekyll-et-mr-hyde-i-l-insupportable-alte-rite-26110.php
- FREUD S., « L'Inquiétante Étrangeté », in *L'Inquiétante Étrangeté et autres essais*, traduit de l'allemand par Fernand Cambon, Paris, Gallimard, coll. « Folio essais », 1988.
- VAN GORP H. *et alii*, *Dictionnaire des termes littéraires*, Paris, Honoré Champion, 2001.
- MORFEUX L.-M. et LEFRANC J., *Nouveau vocabulaire de la*

philosophie et des sciences humaines, Paris, Armand Colin, 2007.
- TODOROV T., *Introduction à la littérature fantastique*, Paris, Seuil, 1970.

SUR LEPETITLITTÉRAIRE.FR

- Fiche de lecture sur *L'Île au trésor* de Robert Louis Stevenson.
- Questionnaire de lecture sur *L'Île au trésor*.

Retrouvez notre offre complète sur lePetitLittéraire.fr

- des fiches de lectures
- des commentaires littéraires
- des questionnaires de lecture
- des résumés

ANOUILH
- Antigone

AUSTEN
- Orgueil et Préjugés

BALZAC
- Eugénie Grandet
- Le Père Goriot
- Illusions perdues

BARJAVEL
- La Nuit des temps

BEAUMARCHAIS
- Le Mariage de Figaro

BECKETT
- En attendant Godot

BRETON
- Nadja

CAMUS
- La Peste
- Les Justes
- L'Étranger

CARRÈRE
- Limonov

CÉLINE
- Voyage au bout de la nuit

CERVANTÈS
- Don Quichotte de la Manche

CHATEAUBRIAND
- Mémoires d'outre-tombe

CHODERLOS DE LACLOS
- Les Liaisons dangereuses

CHRÉTIEN DE TROYES
- Yvain ou le Chevalier au lion

CHRISTIE
- Dix Petits Nègres

CLAUDEL
- La Petite Fille de Monsieur Linh
- Le Rapport de Brodeck

COELHO
- L'Alchimiste

CONAN DOYLE
- Le Chien des Baskerville

DAI SIJIE
- Balzac et la Petite Tailleuse chinoise

DE GAULLE
- Mémoires de guerre III. Le Salut. 1944-1946

DE VIGAN
- No et moi

DICKER
- La Vérité sur l'affaire Harry Quebert

DIDEROT
- Supplément au Voyage de Bougainville

DUMAS
• Les Trois
Mousquetaires

ÉNARD
• Parlez-leur
de batailles,
de rois et
d'éléphants

FERRARI
• Le Sermon sur la
chute de Rome

FLAUBERT
• Madame Bovary

FRANK
• Journal
d'Anne Frank

FRED VARGAS
• Pars vite et
reviens tard

GARY
• La Vie devant soi

GAUDÉ
• La Mort du
roi Tsongor
• Le Soleil des
Scorta

GAUTIER
• La Morte
amoureuse
• Le Capitaine
Fracasse

GAVALDA
• 35 kilos d'espoir

GIDE
• Les
Faux-Monnayeurs

GIONO
• Le Grand
Troupeau
• Le Hussard
sur le toit

GIRAUDOUX
• La guerre de
Troie
n'aura pas lieu

GOLDING
• Sa Majesté des
Mouches

GRIMBERT
• Un secret

HEMINGWAY
• Le Vieil Homme
et la Mer

HESSEL
• Indignez-vous !

HOMÈRE
• L'Odyssée

HUGO
• Le Dernier Jour
d'un condamné
• Les Misérables
• Notre-Dame
de Paris

HUXLEY
• Le Meilleur
des mondes

IONESCO
• Rhinocéros
• La Cantatrice
chauve

JARY
• Ubu roi

JENNI
• L'Art français
de la guerre

JOFFO
• Un sac de billes

KAFKA
• La Métamorphose

KEROUAC
• Sur la route

KESSEL
• Le Lion

LARSSON
• Millenium 1. Les
hommes qui
n'aimaient pas
les femmes

LE CLÉZIO
• Mondo

LEVI
• Si c'est un
homme

LEVY
• Et si c'était vrai…

MAALOUF
• Léon l'Africain

MALRAUX
- La Condition
  humaine

MARIVAUX
- La Double
  Inconstance
- Le Jeu de l'amour
  et du hasard

MARTINEZ
- Du domaine
  des murmures

MAUPASSANT
- Boule de suif
- Le Horla
- Une vie

MAURIAC
- Le Nœud
  de vipères

MAURIAC
- Le Sagouin

MÉRIMÉE
- Tamango
- Colomba

MERLE
- La mort est
  mon métier

MOLIÈRE
- Le Misanthrope
- L'Avare
- Le Bourgeois
  gentilhomme

MONTAIGNE
- Essais

MORPURGO
- Le Roi Arthur

MUSSET
- Lorenzaccio

MUSSO
- Que serais-je
  sans toi ?

NOTHOMB
- Stupeur et
  Tremblements

ORWELL
- La Ferme
  des animaux
- 1984

PAGNOL
- La Gloire de
  mon père

PANCOL
- Les Yeux jaunes
  des crocodiles

PASCAL
- Pensées

PENNAC
- Au bonheur
  des ogres

POE
- La Chute de la
  maison Usher

PROUST
- Du côté de
  chez Swann

QUENEAU
- Zazie dans
  le métro

QUIGNARD
- Tous les matins
  du monde

RABELAIS
- Gargantua

RACINE
- Andromaque
- Britannicus
- Phèdre

ROUSSEAU
- Confessions

ROSTAND
- Cyrano de
  Bergerac

ROWLING
- Harry Potter à
  l'école des sor-
  ciers

SAINT-EXUPÉRY
- Le Petit Prince
- Vol de nuit

SARTRE
- Huis clos
- La Nausée
- Les Mouches

SCHLINK
- Le Liseur

SCHMITT
- La Part de l'autre
- Oscar et la
  Dame rose

SEPULVEDA
- Le Vieux qui
  lisait des romans
  d'amour

SHAKESPEARE
- Roméo et Juliette

SIMENON
- Le Chien jaune

STEEMAN
- L'Assassin
  habite au 21

STEINBECK
- Des souris et
  des hommes

STENDHAL
- Le Rouge et
  le Noir

STEVENSON
- L'Île au trésor

SÜSKIND
- Le Parfum

TOLSTOÏ
- Anna Karénine

TOURNIER
- Vendredi ou
  la Vie sauvage

TOUSSAINT
- Fuir

UHLMAN
- L'Ami retrouvé

VERNE
- Le Tour
  du monde
  en 80 jours
- Vingt mille
  lieues sous
  les mers
- Voyage au
  centre de
  la terre

VIAN
- L'Écume des jours

VOLTAIRE
- Candide

WELLS
- La Guerre des
  mondes

YOURCENAR
- Mémoires
  d'Hadrien

ZOLA
- Au bonheur
  des dames
- L'Assommoir
- Germinal

ZWEIG
- Le Joueur
  d'échecs

www.lepetitlitteraire.fr

ISBN version numérique : 978-2-8062-9417-3
ISBN version papier : 978-2-8062-9418-0
Dépôt légal : D/2017/12603/93

Avec la collaboration de Marie-Pierre Quintard pour le chapitre du résumé « La confession posthume du Dr Jekyll », pour l'étude des personnages du Dr Jekyll et de Mr Hyde, pour les chapitres « À la croisée de diverses influences », « Londres et la société londonienne de l'époque » et « Le double : entre motif littéraire et objet scientifique » ainsi que pour les pistes de réflexion.

Conception numérique : Primento,
le partenaire numérique des éditeurs.

Ce titre a été réalisé avec le soutien de la Fédération Wallonie-Bruxelles, Service général des Lettres et du Livre.